Heritage
(Meros)

Yusufova Madinakhan

© Yusufova Madinakhan
Heritage (Meros)
by: Yusufova Madinakhan
Edition: June '2024
Publisher:
Taemeer Publications LLC (Michigan, USA / Hyderabad, India)

© **Yusufova Madinakhan**

Book	:	**Heritage**
Author	:	**Yusufova Madinakhan**
Publisher	:	Taemeer Publications
Year	:	'2024
Pages	:	24
Title Design	:	*Taemeer Web Design*

MEROS

Yusufova Madinaxon

Bugun havo aynidi negadir. Osmon yuzini qora bulutlar to'sdi-yu qalbimni g'ul-g'ula bosdi. Xuddi bu bulutlar osmonni emas, balki meni qalbimni berkitardi. Nihoyat, shu bugun qishloqdagi xordig'im ham o'z nihoyasiga yetadi. Bu yerda buvimlarnikida rossa mazza qildim. Bu yerdan ketish juda qiyin bo'ldi, ayniqsa kichik jiyanim yoqimtoyligini aytmaysizmi, o'ziga bog'lab olgandi meni. Ertaga o'z uyimga jo'nayman. Bir amallab bu kunimni ham o'tkazdim. To'g'ri bu yerda miriqib dam oldim, hordiq chiqardim, ammo, o'z uyimni juda sog'indim.

Erta tong, ertalabdan buvim oshxonada nonushta hozirlayabdilar. Bugun havo kechagidan ancha yaxshi. Quyosh derazadan sekin mo'ralab meni uyg'otishga urinardi. Quyosh derazadan sekin mo'ralab, meni uyg'otishga urinardi. Erta tongdan yaxshi kayfiyat bilan turdim. Nonushta qilib bo'lgach, tog'am uyimga eltib qo'yishini, tayyorgarlik ko'rishimni aytdi. Uyimni shu qadar sog'inibmanki, tezda tayyor bo'lganinni bilmay qolibman. Tog'am ham bunchalik tez tayyor bo'lganimga hayron bo'lib, "Armiyadagi askarlardan ham o'tdingku, jiyan!" - dedi va o'zining xunuk kulishi bilan xoholab kuldi. Darvozadan chiqib mashinagacha bir ikki qadam qo'yay deganimda buvim qo'lida bir bonkada qimiz ko'tarib chiqdi. "Buvi, bu nimaga?" - deb so'raganimda. "Buni oyingga ber, otning suti ukang uchun foydali"- dedi. To'g'ri, o'shanda ukamni biroz tobi qochib qolgandi, ko'p tabiblarga ko'rsatdik, shifokorlarga olib bordik. Hozir ahvoli avvalgidan ancha yaxshi. Men ham eshitgandim, otning suti foydali bo'ladi. Qiziqqonligim qursin, qimizni haltamga sola turib, buvimlardan "Qimizni qayerdan oldingiz?" - deb so'radim. Buvimni jahli tez, yuzi birdaniga burishib, "Hadicha xolangdan sotib oldim, tezroq mashinaga o'tir, tog'ang ishga kech qoladi." - dedi. Mana ketar chog'im ham buvimning issiq dakkilaridan eshitib oldim. Ha nima qilay, buvimning otlari yo'q, o'shanga qiziqdimda !?. Xayrlashib mashinaga mindim. Mashinada tog'am yozgi ta'tildagi rejalarimni so'radi. Men doimgidek yozgi shaxmat musobaqalarida qatnashimni aytdim. Tog'am: "Men bilan hech shaxmat o'ynamadingda, attang qilib qolishdan qo'rqasanda!" -deb yana kula ketdi. Men ham sizgacha borish uchun menga hali ancha bor" - dedim va birga miriqib kuldik, chunki, tog'am shaxmat o'ynashni bilmasdi. Uyimga kelganimni ham bilmay qoldim. Tog'am ishga kech qolishini aytdi va uydagilar bilan bir salomlashib ..... Oyimga buvim berib yuborgan narsalarni berdim. Qimiz solingan bankani sekin olib berib, buvim ukamga berib yubordilar dedim.

"Buving baraka topsin" - dedilar oyim. Shu shu bilan tushlik vaqti ham yaqinlashib qoldi. Onamga biroz ko'maklashgach, dasturxon tuzadim. Qarasam, uyda non qolmabdi. Darrov do'konga chiqib keldim. Yo'lda Nozima opamlarning uyiga ko'zim tushdi, darvoza bir ahvolda edi. Menimcha, yog'och darvozaga tovar bilan ikki-uch zarb tushirilgan. Yog'och taxtalarning rangi biroz o'chgandek edi. Darvozaning chap tomonidagi derazalar ham singan. Do'kondan nonni oldim-u uyga qanday kelarimni ham sezmabman. Hayolim Nozima opaning uylari ahvolida edi. Shu sababli ham yuzimda biroz ma'yuslik va horg'inlik avj oldi. Onam ahvolimni ko'rib, xavotirga tushdi. Birdaniga mendan hol-ahvol so'radi. Men hayolimda onamdan Nozima opamlarning uyiga nima bo'lganini so'rashni xohlardim. Ammo, juda yomon voqea bo'lganini his qildim. Onamni kayfiyatlarini va ishtahalarini buzgim kelmay, "Hech gap yo'q, shunchaki yo'lda biroz toliqibman" - deb oyimni aldadim. Kechgacha sabr qildim. Quyosh chekinib, o'z o'rnini oyga bo'shatar pallaning oralig'ida ikkisi bir-birini pinhona ko'rib, bir-birini vasliga yetib-yetishmaydigan chog'da ko'chaga chiqdim. Kichik-kichik yoshdagi bolalar sho'x-shodon o'ynoqlab yurardilar, kelinlar-u qo'shni yangalar ko'chaga suv separdilar. Yerning issiq quchog'i suvni bag'riga bosganda shu chog' yerdan mayin ifodalab bo'lmaydigan ifor dilni xushnud etardi. Biroz vaqt nima uchun ko'chaga chiqqanimni unuta yozdim. Eh mening bunchalar hayolparast aqlim-ey. Darrov qo'limni oyog'imga olib dugonalarim oldiga chopdim. Yaqin dugonam bo'lmish Ruxsoradan bo'lib o'tgan voqealarni so'ramoqchi bo'ldim. Ruxsora bilan bolalikdan buyon dugonamiz, birga bitta bog'chaga borganmiz. Hozir bir maktabda o'qiymiz, Ruxsora bilan sirdosh dugonamiz. U meni ko'rib xursand bo'lib ketdi. Mubina deb yonimga yugurib keldi. Biz birga miriqib suhbat qurdik. So'ng men undan men bo'lmaganimda nimalar bo'lib o'tgani haqida so'radim. U bir xo'rsinib "Juda yomon voqealar bo'lib o'tdi, eng achinarlisi bu Nozima opamlar bilan bog'liq" - dedi. Nozima opamlar Ruxsora bilan meni juda yoqtirardi. U kishining ajoyib hunarlari bor, qo'llari gul sartarosh, ko'chamizdagi barcha qizlarning sochlarini turmaklab qo'yadi. Latofatli va ko'ngli toza qizlar Ruxsora Nozima opamlar bilan yonma-yon qo'shni. Men esa ulardan uch-to'rt uy narida turaman. Men qanday voqea bo'lganiga qiziqib "Qani tezroq aytaqol" - deb hol-joniga qo'ymadim. Ruxsorani o'zi ham bilmasligini kecha peshin paytida Ilhom amakining jahldor ovozi baland chiqganini so'ngra bir ikki soat o'tib Ikrom tog'aning tobi qochib tez yordam mashinasi olib ketganini aytdi. Ikrom tog'a Ilhom amakining akalari. Ular nonvoy, birga non qilib sotadilar. Ikrom tog'aning ikkita qizi va bir o'g'li bor. Ikrom tog'a Nozima opaning dadalari Nozima opadan ikki yosh katta akalari bor. Ismi Temur. Nozima opam endigina o'n sakkiz bahorni qarshilaganlar. Nozima opaning kichikroq singillari bor. U hali 5-sinfda o'qiydi. Nozima opamlarning oyilari Husnora xola. Husnora xola hamshira bo'lib ishlaydilar. Ikrom tog'aning ukasi Ilhom amakining esa kichkinagina qizalog'i bor. Chamasi, bir-ikki yoshlarda. Ismi Muslima. To'g'risi, men Ilhom amakining rafiqalarini ko'p ko'rmayman. Ilhom amakining rafiqalari Ra'no yanga ko'chamiz ayollariga ham qo'shilmaydi. Negaligini esa umuman bilmayman. Nima bo'lsa ham

Ruxsoraning gaplarini ko'p o'yladim. Go'yoki voqealarni bir-biriga ulab tahlil qilishga urinardim. Ammo eplay olmadim. Baribir bu masalani yecha olmadim. Kech ham tushib qoldi. Uyga kirdim, oyim bilan buvim oshxonada suhbat qurib o'tirgan ekanlar. Bexosdan ularning suhbatlari qulog'imga chalindi. O'zi gap eshitadigan qizlardan emasman. Ammo bu gap men qiziqqan voqea edi. Buvim oyimga "Eh bu Ilhom hech odam bo'lmadida, o'zi shu ichib kelgani yetmagandek, cholniyam boshiga yetgandi. Endi esa bu g'avg'o. Qachon insof berarkan bunga" - deyayotgan edi. Buvimning jahli fig'onda edi. Oyim ham gapga qo'shilib Aziza xola ham shu o'g'li dastidan rosa qiynaldi. Ha, aytgancha, Aziza xola Nozima opamlarning buvisi. Buvim juda asabiylashibdi, biroz qon bosimi ko'tarilibdi. Buvim stolga qo'lini mushlagancha "Ha nimasini aytasiz, kelin. Aziza bechora o'ttiz yil cho'loq, kasalmand cholga qaradi. Endi tashvishlardan qutulib erkin hayot kechiray deganda bu savdolar boshiga tushdi" - dedi. Shy payt oyim choynakning ichiga sekin mo'ralab: "Voy, choy ham qolibdi. Issiqqina choy damlay" - deb tashqariga chiqayotganda men nima qilishimni bilmay, oyog'u kuygan tovuqdek, tipirchilab qoldim. Eh-he, bilmaysiz qancha gaplarni eshitmadim. Ikki yanog'im qizarib, yerdan ko'zlarimni uza olmadim. O'zimni oqlashga gap ham topa olmadim. Bir hafta onamning ko'zlariga qaray olmadim. Va nihoyat, onamning o'zlari kekib yotig'i bilan menga bu ishim xatoligini tushuntirdilar. Men oyimdan uzr so'radim. Onam ko'ngli toza mehribon ayol, darrov kechirdi. Vaziyatdan unumli foydalanib Nozima opamlarning uyiga nima bo'lganini, nimaga Ikrom tog'a shifoxonaga tushganini so'radim. To'g'risi, oyim bilab juda yaqin sirdoshmiz, oyimdan yashiradigan sirim yo'q. Ammo oyim menga hamma qapni ham aytavermaydilar. Sen hali yoshsan, bu narsalarni bilishga hali erta deb aytmaydilar. Men hech tushunmayman, kap-katta qiz bo'lib qoldim, hademay o'n to'rtga kiraman. Boshqa ishlarga kelsak, sen kattasan, bu ishlarni eplashing kerak deydilar-u, ammo bunaqangi ishlarda hech sir boy bermaydilar. Bu safar ham, xuddi shunday bo'ldi. "Sen hali yoshsan, bu narsa bilishga hali erta" - dedilarda, so'ng "To'xta, sen buvingnikidan kelmasingdan oldin bu voqea bo'lgandi. Ikrom tog'aning shifoxonaga tushganini qayerdan bilasan shumtaka deb "Yuzlaridagi xomushlikni, kulguga bo'shatib berdilar. Birga kulishdik, so'ng onam xonamning chirog'ini o'chirib menga xayrli tun tilab xonadan chiqib ketdilar. Bu kecha ham tinch uxlay olmadim. O'sha voqeani bilishni juda istar edim. Erta tongdan turib ko'chalarni supurdim, uylarni saranjom-sarishtaladim. Oyim bugun manti qilayotgan ekanlar. Oyimga manti bukishdim. Mening mantilarim onamnikichalik chiqmasada, ishqilib, manti bukishni eplay olar edim. Mantilar pishgach menga bir fikr uyg'ondi. "Oyi, oyijon Nozima opamlarnikiga o'tib kelay, sochimni turmaklataman" - dedim. Oyim sababini so'radilar. Men bugun sinfdoshim mehmonga chaqirganini aytdim.

Oyim "Qaysi dugonang" - dedilar. Mening eng yaqini dugonam har qanday holatda menga yordam qo'lini cho'za oladigan dugonamni ismini aytdim. Rostan ham bugun Maftunaning tavallud kuni. Oyim "Mayli unda Nozima opanglarnikiga manti olib o't , qaytguningcha men sovg'aga u-bu narsa qidirib ko'raman" - dedilar. Men juda xursand bo'lib, mantini quchoqlagancha chopqullab ketdim. Darvoza oldiga borganimda to'xtab qoldim. Biroz qo'rqdim. Axir qanday so'rayman, dilini og'ritib qo'ymaymanmi, bechora Nozima opaning otasi shifoxonada yotgani kamdek, dardini qaytadan yangilaymanmi? Shunday og'ir sharoitda singil bo'lib yarasiga malham qo'yish o'rniga yarasiga tuz sepamanmi? Yo'q bunday qila olmayman. Shunda darvoza ochildi, darvozaning narigi betida Ilhom amakining rafiqalari Ra'no yanga turardi. U bilan iliq salomlashib qo'limdagi mantini tutqazib "Oyim berib yubordilar" - dedim. Mantini olib kirib, idishini bo'shatib chiqdilar va rahmat aytib, idishni bo'sh qaytarib chiqdilar. Boshqalarnikida qanday bilmadim-u, bizning mahallada kimning idishini bo'sh qaytarishsa bu sizga bo'lgan hurmatsizlik bo'ladi. Yo'g'e, Ra'no yanga unaqa kelinlardan emas, balki yodidan ko'tarilgandir. Ha mayli ammo men o'ylagandek ish bo'lmaganidan o'sha voqeani bila olmaganimdan yana ko'nglim halovat topmadi. Uyga kelganimda oyim sovg'alarni tayyorlab qo'ygan ekanlar. Meni ko'rib hayron bo'lib turib, "Qizim, sochingni turmaklatmadingmi?" - deb qo'limdagi bo'sh idishga qarab, biroz o'ylanib qoldilar. Men oyimga Nozima opamlarnikiga borayotib dugonam indinga mehmonga chaqirganini aytib oyimni yana aldadim. So'ng, oyim mantilarni Nozima opangning qo'liga berdingmi deb so'radilar. Men "Yo'q, darvozani Ra'no yanga ochgandi", uni qo'liga berganimni aytdi. Oyimning yuzidagi ifoda o'zgardi va biroz jahl bilan "Bundan keyin biror-bir narsa berib yuborsam, Nozima opanglarni qo'liga berasan"- dedilar. Men nega unday dedilar, yoki Ra'no yanga bilan oyimni o'rtasidan biror-gao o'tganmikan deb o'yladim. Shu shu o'ylovlar bilan yozning birinchi oyini ham o'tkazib oldik. Bir vaqt qarasam Nozima opamlarnikida janoza bo'lib o'tyabti. Oyimdan so'radim: "Oyi, nega Nozima opaning darvozalari oldida qora chopon boshida qalpoq bor odamlar to'planib olishgan? Nima, janoza bo'lyaptimi, kimning janozasi?". Oyim "Ha, janoza, Nozima opangning otasi bu yorug' olamni tark etib, Nozima opanglarni yetim qilib ketdi" - dedi. Yuragim tilka-pora bo'lib ketdi. Bechora Nozima opamlar, endi qanday yashaydilar. Otalarini juda yaxshi ko'rardilar. Har ikki gaplarining birida otalarini qo'shib gapirardilar. To'g'risi, men otalarini hech ham ko'rmaganman, chunki u kishi tandirning bo'yidan nari ketmasdilar. Nozima opamlarning ta'riflari bo'yicha "Ikrom tog'a sariqchadan kelgan, sochlaridan boshlab oyoqlarining uchigacha xuddi quyoshdek sariq edilar. Hatto qoshlari ham sariq edi. Ko'zlari musaffo osmondek tiniq, suvdayin ko'm-ko'k edi. Lablari och qirmizi rangda. Tandirning bo'yida ko'p bo'lganlaridan sariq ranglari qizarib ketardi. Yangi tushgan kelinchaklarning uyalgandagi yuz ifodasiga o'xshab ikki yanoqlari qizarib ketardi. Ammo Ikrom tog'ani ko'rmagan bo'lsamda, vafot etganlaridan juda achindim. Oyim va buvim janozaga o'tib kelishdi. Kelishganda Nozima opani bir ahvolda ekanini aytishdi. Janozalar o'tgach, Aziza buvi harakatga tushdi. Yashab turgan uy-joyni Ikrom tog'aning o'g'li Temurga hadya qilmoqchi bo'lib, mahallaga murojaat qildi. Mahalla ham yordam qo'lini cho'zdi. Kerakli hujjatlarni olib kelib berishdi. Ammo Ilhom tog'a va Ra'no yanga bunday bo'lmasligi uchun turli choralarni ko'rdilar. Ammo Aziza buvi hujjatlarni Temurni nomiga rasmiylashtirib bo'lgandi. Ikrom tog'a baribir taslim bo'lmay, zulm bilan o'z yangasini va akasining bolalari o'z qondoshlarini qo'rqitardi. O'zining do'q-po'pisalari bilan ularni bo'ysundirib olgandi.

Aziza buvining murojaatlariga ko'ra sud bo'lib o'tdi. Ammo bu sudda Temur aka merosxo'r bo'la olmasligini, merosdan voz kechishini aytdi. Sababi, u amakisining oilasiga zarar yetkazishidan qo'rqdi. Sud meros Aziza buvining qo'lida, shuningdek, merosxo'rning bunga roziligi bo'lishini aytdi. Husnora xola Nozima opaning kelajagidan chuqur qayg'uga tushib, uni turmushga berishga qaror qildi. Yana kimga, Husnora xolani singlisining o'g'liga. To'g'ri boshqa chora yo'q, amakisi va yangasini qo'lida xo'rlanmasin dedi-da ona bechora. To'y harakatkarini ham boshlashdi. To'ydan oldingi harakatlar, to'y harakatlariga ketadigan xarajatlarni aytmaysizmi. Onasini topgani ro'zg'orga ketsa, akasi va Nozima opa ham endi tun-u kun ishlayaptilar. Baribir otalarining o'rni seziladi. Aziza buvi ham ularga nafaqasidan ko'maklashyapti. Bunga chiday olmagan Ra'no xola va Ilhom tog'a Aziza buvining ovqatiga zahar qo'shib berishdi. Aziza buvining tobi qochib, shifoxonaga tushdi. Men Nozima opamning otasidagi qismat buvisida takrorlanmasin, buni ko'tara olmaydilar deb tun-u kun duoda edim. Qulay vaziyatdan foydalanib olgan Ilhom tog'a Aziza buvini shifoxonadan olib chiqib xotini bilan birga boshqa bir uyga olib borib qo'ydi. Boshqalarga "Mana, men oyimga mehribonchilik qilyabman. Kasal bo'lsada tashlab qo'yganim yo'q. Men haqiqiy farzandman, meros ham meniki bo'lishi kerak" - derdi.

Yaramas amakisi va yangasi bechora Aziza buviga tuzuk qaramagan, o'zi zahar bergan insondan yana nimani kutish mumkin. Aziza buvini rosa qiynashibdi. Uni o'sha kuni ko'rganimda sezgandim. U kishini bir ahvolda olib kelingani-chi!? Hoyna-hoy ajali yaqinligini sezgan Aziza buvi boshqa yerda jon taslim qila olmagandir. "Kulfat kelsa, ketma-ket keladi" deganlaridek, Ilhom amaki janoza tugamasdan uyni ikkiga bo'ldi. Eh, bu qalbi pok, sodda odamlarning og'zi bo'shligidan foydalanib olgan odam ko'rinishidagi iblis. Qachon o'z boshiga kulfatlar tushsagina biladi. Bu qaytar dunyo. Hali o'z bolalaridan qaytadi. Ammo uni deb bir ayol, bir ona bu olamdan huzur topmay ketdi. Uning ustiga, amakini qilgan ishlari to'g'ri emas. Kun o'tdi, Nozima opa bu hayotdan sovub qolgandek edi. Ko'zlarida doimo yosh. Ammo buni yashirishga urinardi. Nima bo'lgan, nima qilgan bilmadimku-ya, Ilhom amakining xotinlari Ra'no bechora Nozima opani yetimligiga qaramay, unga azob berardi. Kun-u tun uning qabih ishlari Nozima opaning tanasini, balki, qalbini yaraladi. Nozima opa ko'chada kamnamo bo'lib qoldi. Sababi, barcha yeri momotaloq bo'lib ketgandi. Qo'shnilarning aytishicha, choy damlagani oshxonaga chiqgan Nozima opaning qo'liga bir choynak issiq choyni ataylab quyib yuboribdi. Yana bir kun esa uni burchakka tortib ayovsiz kaltaklabdi. Axir shunchalikka ham boradimi inson degani? Ko'ngli yarim demaydiya!

Yozning salqin shabadasi daraxt barglarini silkitar, go'yo u bilan o'ynar edi. Doimgidek xush kayfiyat bilan turdim. Darvoza ochilgan tashqaridan otam boshida do'ppi bilan kirib kelardi. Otam bilan salomlashdim, "Ota, tinchlikmi, nega boshingizda do'ppi?" - dedim. "Qo'shnimiz Aziza buvi olamdan ko'z yumdi, taziyadan kelyapman. Xudo rahmatiga olsin" - dedilar. Yuragim bir yomon narsani sezgan edi. Endi bu ko'rgulik Nozima opamga og'ir botadi. Bu hayot uning boshiga nimalar solmadi. Nozima opa buncha achchiq taqdirga loyiq emas edi. Ba'zan bu hayotdan, bu taqdirdan ham hafa bo'lib ketaman. Nahot, yaxshi insonlar uchun hayot yo'q. Nahot, ulardek ko'ngli toza, qalbi pok insonlar hayotning zavqli onlaridan bahramand bo'la olmasalar. Chumoli, qanchalik mehnat qilmasin, tirishmasin, o'zi uchun, to'dasi uchun qarorgoh qurib, endi zavqlanay deganda, kuchli shamol uning uyini ko'kka uchirib yuboradi. Daxshatli, qo'rqinchli jala esa chumolini tirik murdaga, uyini qabrga aylantiradi. Bu achchiq haqiqat. Ammo, bunaqangi haqiqatga tupurdim. Nozima opa hali bunga tayyor emasdilar.

Bechora Aziza buvini qay ko'yga solgan ekan. Bulardan har narsani kutsa bo'ladi. Yillar o'tdi, yillar o'tsa ham bu azoblar, qiynoqlar o'tmadi. Bahor kirdi. Bahorning ba'zan yomg'irli, ba'zan jazirama kunlari go'yo hayotning oq va qora jihatlarini o'zida namoyon etgandek edi. Bahor ajoyib fasl-ki, men uning yomg'irli kunlarida g'am-qayg'uga botib, ularni xursandchilikdan ustun bilaman. O'tmishni eslab, ko'zimga biroz yosh olaman. Goh-gohida mana shunday paytlarda g'am-anduhlarimni qog'ozga qoralayman. Bahorning iliq, quyosh tik ko'tarilib, olamga baxt ulashadigan shovqinli sho'x-shodon shamol esa unga hamroh bo'lgan paytlarida o'ynab-kulib go'yo yettinchi osmonda parvoz qilaman. Bahorning oxirlab borishi ko'nglimni g'ash qiladi va shu g'ashlikni qog'ozga tushirib shu to'rtlikni yozdim:

Lolaqizg'aldoqlar ochilgan mahal
Ko'zlarim quvonchdan porlaydi har gal
Shamolning esishi o'zgarsada sal
Yuragim yig'laydi bahor so'ngida

Bahor bilan xayrlashish juda og'ir. Yozning zavqi ham o'zgacha. Ammo, bahor insonga o'zgacha kayfiyat inom etadi. Ha, aynan shu bahor Nozima opaning quvonchli kuniga guvoh bo'ladi. To'yga taraddudlar boshlandi. Ikki yildan buyon bu to'yni qilishga imkonlari bo'lmadi. Oilalari ham biroz qiyinlashdi. Ammo, bu qiyinchiliklar biroz yengillashdi deganda yana bir muammoga duch kelishdi. Ilhom tog'a uyni tortib olishga urindi. Lekin, yana niyatlari puchga chiqdi. Doimo bir narsani o'ylardim. Ilhom amakiga nima bo'ldi? Bu savolimga javobni ham oldim. Lekin men Aziza buvining o'limidan oldingi ahvolini ....?... Nozima opaga turmaklatib olishimizni aytgandilar. Men va singlim sochimizni qanday turmaklatishni o'ylab borardik. Nozima opa avval mening sochlarimni turmaklab qo'ydilar. Menga oyim oppoq, bejirim ko'ylak olib berganini aytdim. Nozima opa "Unda kiyib kelchi, men ham bir ko'ray, qanaqangi bejirim ko'ylak ekan-a?"- dedi. Men yugurib ko'ylagimni kiyib keldim. Darvoza yoniga yaqinlashganimda bir mashina kelib to'xtadi. Mashinaning oldingi o'rindig'ida Ra'no xola, Ra'no xolaning yonida esa bir begona erkak. Orqasida esa kimningdir yotqizilganini ko'rgandim. So'ng mashina oldidagi begona erkak orqadagi ayolni oldi. Oldimdan o'tib ketishdi. Yuz tuzilishlari, jasadlari, bo'yining pastligi Aziza buviga o'xshab ketdi. Nahotki, bu Aziza buvi bo'lsa, ishonmayman. Juda ozib qolibdi. Bechoraning rang-ro'yiniku aytmasa ham bo'ladi. Bechorani juda qiynashibdi. O'lar holida uyga olib kelishibdi. Bir oz muddat kirmay, tashqarida turdim. Singlim ham chiqib keldi. "Opa bu yerda nima qilib turibsiz? Yuring ketdik!" - dedi singlim. Men bir narsani o'ylardim "Nahot o'sha Aziza buvi edilarmi?". Bu o'ylar kuni davomida menga tinchlik bermadi. Menda o'sha avvalgidek hodisa takrorlandi. Ya'ni Nozima opamning otalari vafotida meni tindirmagan o'ylar qaytadan takrorlangandi. Hayollarimni jumbushga keltirdi. Yuragim bir yomon narsanu sezgandi. Ertalab Aziza buvining janozasi bo'lib o'tgandi.

Shunday qilib Nozima opaning to'yi shu yilning kuzida bo'lib o'tadigan bo'ldi. Men bir tomondan xursand edim. Nozima opa bu azoblardan qutilardi. Ammo, bir tarafdan hafa edim. Chunki, Nozima opani boshqa ko'ra olmayman. Ko'rmasam ham mayli, Nozima opa bu hayotda huzur halovat topsa bo'lgani. Barchaning og'zida shu gaplar.

Oylar o'tdi, to'y ham ajoyib o'tdi. Nozima opa baxtli va oilaning ishlari o'nglanib ketdi. Yoz ham tugay .....?... qoldi. Maktab uchun tayyorgarlik ishlari boshlandi. Bir kuni yon tomondagi qo'shnining qizi sal kam men bilan teng yoshda dugonam, Sarvinoz qo'lida bo'g'irsoq ko'tarib keldi. Chamamda, kichik singlisining tishi chiqqandirda. O'zbeklarning adolatlari va an'analari qiziqda. Idishni bo'shatib chiqdim. Sarvinoz darvoza oldida kutib turgan ekan. Juda ham gapdon. Gapini boshlasa bo'ldi, hech ham uni to'xtatib bo'lmaydi. U o'zining piching gapi bilan so'zini boshladi. Va nihoyat, o'zim to'xtatmasam to'xtamas edi. Ammo uning gaplaridan bir narsaga oydinlik kiritdim. Yelkamdagi bir tog' ag'darildi. Baribir tinchlana olmadim. Men ko'p yil avval bo'lib o'tgan voqeani va bu voqea Nozima opaning boshiga ko'p kulfatlar olib kelganini bildim. Men bila olmagan bu voqeadan qo'rquvga tushdim. To'g'risi Ilhom amakidan biroz qo'rqib qoldim. Insonlar uchun, yer- mulk uchun o'z volida muhtaramasiga, og'a-iniga shafqat qilmasligi ularning jonidan kechishi aqlga sig'maydi.

Mulk, yer-joy, meros bularning bari o'tkinchi. Bu dunyo foniydir albat. Boqiy dunyoga hech qanday oltin-u javohirlar, yer-joy, mulkini inson o'zi bilan birga olib keta olmaydi. Balki, savob ishlari, yaxshiliklari uning boqiy dunyoga o'tishida narvon vazifasini bajaradi.

Mol-mulk, yer-joy, oltinlar - meros emas. Inson ulg'ayganda uning merosi, avaylab asrashi zarur bo'lgan narsasi uning padari, volidasi va og'a-inlari hisoblanadi. Meros bu jumla, besh harfdan iborat ammo uning inson hayotidagi ahamiyati juda katta. Ayniqsa bu insonning ichki tuyg'usiga qaraydi. Nozima opaning hayotini butkul o'zgartirib yuborgan narsa bu mana shu meros tufayli. Aziza buvi o'zini biroz yomon his qilgani uchun uy-joyni meros qilib Ikrom amakiga bermoqchi bo'lganini Ilhom amaki eshitib qoladi. G'azabi qo'zib, qo'lida bolta bilan bechora akasini quvlab ketadi. Jon hovuchida o'z ukasidan qochayotgan Ikrom amaki yopiq darvoza oldiga borib qoqilib tushadi. Ikrom amakining qoqilib tushgani uning foydasiga edi. Aynan shu daqiqada Ikrom amaki qoqilib tushmaganida, Ilhom amakining qo'lidagi bolta eshik tabaqasiga emas, balki, naqd Ikrom tog'aning biqiniga kirar edi. Vajohat ila yugurib kelayotgan Ilhom amakidan qocha olmay oyog'ida hila turishi uni hayotdan umidini uzgandi. Ammo, oxirgi daqiqalarda darvoza yonidagi xonaga kirib qulflab oladi. Ilhom amaki bolta bilan eshikka bir-ikki zarb beradi. Ammo, eshik ochilmaydi, Ilhom amaki ko'cha tomondagi derazani sindiradi. Ichkarida Ikrom tog'aning tobi qochib hushidan ketadi. So'ngra Ikrom tog'aning rafiqalari kelib qoladi va tez yordamga qo'ng'iroq qiladi. Tez yordam mashinasi Ikrom tog'ani olib ketadi. Ha, men bila olmagan voqea shu edi.

Meros aka-ukalarning o'rtasiga nizo soldi. Bir hovuch yer ko'plab insonlarning boshiga yetdi.Ilhom amaki kabi razil va manqurt kimsalar mol-mulk uchun, pul uchun jondan yaqin, yoshlikdan birga katta bo'lgan akasining, 9 oy uni qornida ko'tarib yuborgan beozor onasining hayotdan ko'z yumushiga sababchi bo'ldi. Yana kimlar mol-mulk uchun jon beradilar?

Bunday insonlarning hech biri achchiq taqdirga noloyiq, yomonliklarga qarshi yaxshilik, zulmatga qarshi nur, mag'lublarga qarshi g'oliblar, mardlar maydoni bu hayotdir.

Hayot sinovlar maydoni, sinaluvchilar taqdiri esa uning qo'lida emas, balki, biz tashlayotgan odimlardadir...

www.ingramcontent.com/pod-product-compliance
Lightning Source LLC
LaVergne TN
LVHW010424070526
838199LV00064B/5424